遠い眺め

辻内京子句集

Tsujiuchi Kyoko

ふらんす堂

遠い眺め

目次

句集

遠い眺め

一章

春月やわが重心は臍にあり

父の日の日暮淡しや父とゐる

南吹く馬の眼はるかなるものへ

小説の中の時間やソーダ水

ハモニカの乾きし音色すべりひゆ

五年後の家族のかたち胡瓜揉

ぬれぬれと大黒柱昼寝覚

雨はじく短距離走者夏の果

青山の古きアパート蟬の穴

手鏡の中の唇終戦日

俎板を削りて白し夕木槿

嫌なことすぐに忘るる糸瓜かな

らふそくの炎一途や雁渡る

心よりからだ素直や水澄めり

笹鳴や茶壺の蓋のつつましく
ブック型洋酒の瓶や三島の忌

太陽の痩せて白しや枯木山

水底の泥の明るし猟期果つ

歳晩のジャングルジムの暮色かな

雪だるま片側暮れてゐたりけり

電器屋の角を曲がれば枯野原

梟や廊下の先は何もない

聖書より讃美歌親しミモザ咲く

声持たぬ兎の舌や菜種梅雨

にはとりにみづかきの無き春夕

表札は最後に外す桜かな

鳥籠に海の砂敷く遅日かな

蛸足の配線の見ゆ雛の間

港に灯風船売の帰りけり

瞬けば睫毛の見えてあたたかし

西空に雲押し合へる涅槃かな

すれ違ふ人に墨の香ゆふざくら

白藤に真昼の音を盗られけり

雨を見て片付くこころ柿の花

海に向く公園の椅子みなみかぜ

虹消えて牛乳瓶の底洗ふ

ゆりの木に朝雨上がり更衣

やはらかに石しづみゆく泉かな

片陰に寄れば足音すなほなり

網戸入れ家族のこゑのやはらかし

さざなみのごとく妻たり蟬しぐれ

天麩羅粉床にこぼるる祭かな

折紙の金銀硬し夜の秋

雨に透く山のかたちや鮎膾

生姜喰ひ首の根つこが不安定
青空の乾いてゐたりきりぎりす

毎日を生きて未来へラ・フランス

月見草までの時間を歩くなり

十六夜や貝の吐きしは真砂なる

裸電球点いて匂へり秋の暮

こんな夜更けはひとりつきりで胡桃割る
枯野行く記憶みるみるおぼつかな

足跡の氷つてゐたる水際かな

静かに食ふ獣らに雪降りやまず

貝がらのうすむらさきのさむさかな

凩や聖書の上のカードキー

どの子にも青空ありぬ羽子の音

やはらかに砥石へりたる遅日かな

紙風船三面鏡の前に落つ

たんぽぽにおほぞら円くありにけり

径まつすぐ浄水場の辛夷まで

朧夜の母屋の柱時計かな

トラックの荷台にピアノ桜まじ

風船揺るるモデルハウスの暮色かな

黒犬が逃水を横切つて行く

二章

裏道に人送りけり柚子の花

梧桐やオープンカーに旅鞄

ごはんつぶ文鳥にやる梅雨入かな

舟を燃すけむり浮巣に至りけり

蒼天の芯しづかなり蟻地獄

炎昼の港やジープ錆びてをり

風鈴や日暮はいのちしづかなり

朝食の白き器や震災忌

牛乳を飲みかなかなの森に入る

いなびかり新幹線が村過る

空港の公衆電話月上る

綿虫やロックに屯して少女

寄り添うて居れば綿虫増ゆるなり

薄紙のごとき昼月落葉焚

風音の軋み鳴りたる氷柱かな

フライドチキン骨に血のいろ冬の海

煮凝や時間は人を蝕みぬ

いつせいに鐘鳴るごとし寒夕焼

水仙に吹き寄せられし鳥の羽根

油絵の裏の日付や鳥雲に

すずかけの花や小さき洋食屋
灯してわが家ちひさし春のくれ

卒業歌靴箱に靴しづかなり

手に受くる淡雪銀座四丁目

春昼をただ歩きただ考ふる

行く春や孔雀が羽を畳むごとし

浮巣見て雨の近江に眠りけり

土掃きし箒の湿り額の花

キャンバスに描きかけの雲夏はじめ

家々に表札のある西日かな

毎日にゆふぐれのあり瓜冷す

首都東京人も時間も灼けゐたり

うみどりに海面明るし炎熱忌

アスファルトにくろあげはの死日が沈む

鳥高く飛べり原爆忌の日暮

ひるがへる手のひら白し夜のプール

まんじゆしやげことりと日暮来りけり

てのひらに地卵ぬるし夕野分

灯さざる電球白しきりぎりす

裏切を誰も知らないカンナかな

和物の胡麻の香れる十三夜

柵に小鮒光りし小春かな

図書館に昼の古りたり冬の虫

日差なきロッカールーム冬深し

客足の途絶えしポインセチアかな

寒林に父の帽子を探しにゆく

寒林は神話のごとく夕焼けたり

硝子戸によき日の入りて冬柏

玄関は家族にひとつ水仙花

裁断の紙にぬくみや菜種梅雨

塩ふつて肉うるみをり夕桜

薬局の匂ひつめたしヒヤシンス

靴買うて履いて帰りぬ春夕焼

磯巾着野蛮な色を展きけり

春昼や駅の鏡のどこか歪み
コインロッカー前に集合新社員

カーラジオ競馬中継春の海

磯遊スカートの裾たよりなく

うたたねの瞼ぬくし藤の昼

滝落ちて背骨重たくなつてきし

滝を見て帰れば母の泣いてをり

風鈴や畳に揺れて楡の影

下京や打水に石熱《ほめ》きたる

空港は渚のごとしソーダ水

雲を見て行く先決めて夏薊

原宿駅氷菓に蟻の集りけり

寝転びて物考ふる子規忌かな

秋風や洗濯槽の底に砂

別々に住みて家族や胡桃割る

秋潮や小鳥のごとく船に人

三章

立冬や雲を映せるボンネット

屋根裏に夕日ゆたけし冬の鵙

貌を映す地下鉄の窓クリスマス

木枯に明星生るる帰心かな

灯を傲る新宿歌舞伎町や雪

初雪や土鍋に添ふる貝杓子

雪の夜やネットに探す明日の宿

マフラーや日暮は顔の小さくなり

なかぞらに光の揺《あゆ》く梅見かな

三島文学春昼の地下倉庫に寂ぶ

革靴に雨しみとほる涅槃かな

オルガンは空気の音色ゆふざくら

新宿は仰ぎ見る街花粉症

昼食はひとりで済ますミモザかな

野いばらや雨に騒立つ沼の面

サイフォンに宛がふ焔青葉雨

卯の花や流しにひとり分の皿

知らない人が隣に暮らす金魚かな

手をひかれ屏風祭の路地を尋む

豆乳の生白き艶夏の雨

夕方のニュースはじまる網戸かな

竿売の声がねばつく日の盛

ペン先と紙の間や灯涼し

やはらかにわが手迎ふる泉かな

六本木ヒルズ夜業も夜遊びも

長き夜や撫でて畳めるフランネル

鏡台の抽斗うすし都鳥

暖房車誰も無口に海を見て

終電の強き光や十二月

茅屋の軒の玉水雛祭

坂道は駅に集まり春の雪

月出でし代官坂の桜かな

箱鮨の飯に角あり花曇

くびすぢの冷えし楊貴妃桜かな

葉桜やカフェの灯挙る目黒川

梧桐や雨に爽立つ甃

見えてゐて噴水に音なかりけり

灯の入りし船を遠見の涼みかな

みしみしと湯灌すすみぬ青田風

振りかへりつつ遠ざかる日傘かな

汗の覇者歓声に空仰ぎけり

火蛾落ちて看板熱《ほと》る基地の夜

墓碑に知る戦争のこと百合ひらく

夏至の日暮は大海原に漕ぐごとし

差水に釜の湯しまる夜涼かな

熱海まで各駅停車葉月潮

転勤族と呼ばれ住み古る祭かな

亡き人に白桃つよく匂ひけり

船笛が海を領《うしは》く秋日かな

花カンナ庭から部屋の時計見て

きりぎりす無辺の空にこころ渇き

音の無き音楽室の夜長かな

初雁や小腹が空けば信田鮓

椋の実を拾ひ椋の木仰ぎけり

音のして人間の居り秋の暮

蔵に積む時間や雀蛤に

しらたきの袋つめたし冬はじめ

物音に耳がとびつく霜夜かな

眠るなら木枯の夜の鏡の間

池に顔映りて寒くなりにけり

巡礼のごとく家路や冬夕焼

広報車枯山に声捨てゆける

暮れ暮れの水鳥の声くぐもりぬ

裸木となり青空に挑むなり

自販機と同じさみしさ冬木立

裏門を小さく灯して掃納

ふるさとの土の明るし松飾る

四章

人の世に戦のありて種を蒔く

沖波の暮れて褐《かち》色《いろ》小鳥引く

下着ぬげば脚にまつはり花の雨

目の前を遠く眺めて春焚火

春の鹿淫《うき》土《つち》に脚たたみけり

遠きほど家なつかしき菫かな

父のため作る一間やゆすらうめ

はつなつや醤油をはじく生卵

雨ぐもの被さつてきし蕗畠

前栽の葉蘭をすべり蜥蜴の子

黒潮の眼下に轟《ほめ》く帰省かな

生家なる一番風呂や夕蛙

十薬や潮が蝕むトタン壁

夏深しじゅわんと鳴れる古時計

打水にペディキュアの指濡らしけり

一本の夏茱萸があり家がある

帚木に暗語のごとくしじみ蝶

きつねのかみそり右に曲ればば行きどまり

俎ににじむ肉汁夕野分

御猟場の下《した》草《くさ》隠《がく》る秋の水

マンションに住み古る月見団子かな

ふるさとに校歌古びず野紺菊

飯食うて血潮明るし草の花

仏壇の鶏頭種をこぼしけり

露の夜の花舗六本木三丁目

参道に点る自販機雪降れり

梟や箱に乾《かわ》らぐ刺繡糸

幹伝ふ雨黝しクリスマス

日向ぼこＩＤカード首に掛け

日の当たる冬の泉を見て帰る

父を待つ冬日の坂は過去のごとし

声のしてやがて灯のつく寒暮かな

点描の色の混沌卒業す

春昼を歩けば想ひさざなみす

物干に家族のかたち豆の花

人形は誰にもなつかずヒヤシンス

初蝶や土ふつくらと潤へる

火葬場は焔を見せず暮の春

レコードの回りてしづか余花の雨

葉桜や夜空は街の灯を拒み

見下ろして雑踏しづか春の暮

ワイパーのきゆうと卯の花腐しかな

水貝や正坐の膝をつつましく
雨来ると騒めきゐたる茂りかな

八月や雨を仰げば空白し

ひぐらしの森引き潮のごとく暮れ

時計屋に正午の来たり花カンナ

小鳥来る病院前の理髪店

祝はれて雨の午餐や秋の薔薇

いちじくを食ふ唇のゆゆゆゆと

鷹渡る盤石に日の照り翳り

しぐるるや瓦斯灯は灯をつつしめる

混み合うて息しづかなり暖房車

冬麗の客船波を展きけり

狐鳴く夜やくれなゐの根来椀

一軒のための電線山眠る

鳥籠のかさと音せる湯ざめかな

近づけばただの石ころ冬あたたか

関東平野枯れて新幹線が行く
日を弾くうみどりバレンタインの日

雪解けてファスナー滑りよき日なり

楽典の表紙の金字春の雪

水たまり掃けば濁りぬ春の家

日に一度ポストを覗く桜かな

震へつつ窓這ふ雨や春眠し

春昼や嘆きのごとき櫓の軋み

雲雀野を突つ切つてゆく振り向かず

空家のソーラー屋根やかぎろへり

遊具みな片すみにあり夕ざくら

薫風や定年の日も次の日も

五章

使ふほど嵩増す辞書や柿若葉

衣更へて駅のホームに木々の影

考へるとき傾ぎたる日傘かな

きれぎれの記憶に風のはうき草

涼しさや水音の無きさざれ波

蓮見舟はたりはたりと進みけり

葛切やガラス障子の青海波

夏料理鈴音のして運ばるる

夏掛の心もとなき白さかな

横ざまに涸びし水草晩夏光

樹の影に歩み止めたり広島忌

八月やピエロは上を向いて泣く

神域に入れば樹の香やくろあげは
流星や肌に吸ひつく喪の真珠

空腹に冴える視力や夕野分

頻頻と寄する夕波蘆の花

壁泉の水つつましや酔芙蓉

混血の子の名はカンナ秋の潮

ひぐらしや時間指定の荷の届く

ひとところ濡れて朝顔頽《くづほ》れる

蔦紅葉山《やま》下《した》風《かぜ》にちりちりと

樟脳の匂ふ日暮や一葉忌

ガソリンスタンド洗車の水に雪降り来

水の無きプール歩けり寒鴉

カナリアに小さな日向降誕祭
次のなき約束クリスマスキャロル

湯ざめしてカーテンに夜がはりつきぬ

跳炭や詰所に声を寄せ合へる

お降りや物音のなき台所
さみどりに染まりし茶筅冴返る

新しき鍵の匂へり春の雪

カフェラテの泡風に散り新社員

塗椀を絵取る螺鈿や桃の花

貝の舌水に游げる朧かな

鍵盤の象牙黄ばみぬ花曇

永き日の小鳥屋に水匂ひけり

中空に雨かがやける古巣かな

葉桜やカーテン多き保健室

夏立つやバケツの水に雲動く

衣更へて時差出勤の一輛目

ハンカチを選る大学の購買部

篳篥は立ち上がる音や堂涼し

離陸機のひっきりなしや蟹の穴

空港と潟のある町みなみかぜ

日盛を来て奥の間を灯しけり

あしゆびに淡き昴り昼寝覚

運転免許返納の日のバナナかな

親指の長きは父似氷菓舐む

寝不足の耳のみげんき棕櫚の花

炎昼を行く掌のしづかなり

踏切の向う剝きだしの炎天

行く夏の病院に買ふ切手かな

曳航に群るるうみどり草田男忌

ぬくき風立てて畢りぬ夜の噴水

わが身丈鏡に小さし原爆忌

消したき記憶カンナに雨の降りしきる

門灯の点きて落ちつく秋の家

梨剝くや家族揃ひて無表情

鉄瓶に作る湯冷まし初嵐

畳拭く足裏若し鳳仙花

喨々と欅の葉擦れ今朝の秋

信号に人は従ひ秋の暮

星飛んで明日の服を窓に掛く

川風のちくとさみしき野菊かな

きちきちばつた風は夕日に届かない

文字にすれば言葉つめたし鰯雲

数珠玉や小さく畳める雨合羽

雨に稲架白く泛かべる母郷かな

小春日の土を返せばだんご虫

ぶらんこの下のくぼみや山眠る

肉屋の肉赤を競へりクリスマス

湯冷めして宙さまよへる電子音

掛時計真うしろに鳴る寒さかな

十二月ブルーシートが雨弾く

毛糸編む次の言葉を待つごとく

あとがき

平成二十年に上梓した第一句集『蝶生る』から約十一年。より一層俳句に寄り添った中身の濃い時間を過ごしてまいりました。俳句の世界をさらに広げてくれる歳月だったと言えます。

句集名『遠い眺め』は「目の前を遠く眺めて春焚火」に拠ります。春焚火を眼前にしたときの心理であり、言うなれば人生の実相でもあると思います。眼の前のことだけにとらわれていると決して見えないこと、それはちょっとした心の置き方によって気づくことができます。日常の中で見えるものや景色を詠む。そこにもう一歩先にある世界が立ち現れ句に重層性が生まれる。それが私の目指す俳句表現です。

まもなく終る平成、そして私自身還暦を迎える区切りの年に第二句集を出せたことは大きな喜びです。

句集を編むにあたっては、御多忙の中、小川軽舟主宰より帯文を頂戴いたしました。またタイトルを付ける際には的確で心強いアドバイスをいただきました。心より御礼申し上げます。

日ごろから句会、吟行会など句座を共にして下さっているたくさんの皆様、私を支えて下さっているすべての方にあらためて謝意をお伝えしたいと思います。ありがとうございました。

平成の終りに

辻内京子

著者略歴

辻内京子（つじうち・きょうこ）

昭和34年７月　和歌山生れ
平成９年　「鷹」入会　藤田湘子に師事
平成15年　「鷹」新葉賞受賞
平成18年　「鷹」星辰賞受賞
平成20年　第一句集『蝶生る』により第32回俳人協会新人賞受賞
平成30年　「鷹」俳句賞受賞

鷹月光集同人
俳人協会幹事
新宿朝日カルチャー通信俳句講座講師
よみうりカルチャー自由が丘俳句講座講師

現住所　〒222-0032
神奈川県横浜市港北区大豆戸町891-2-5-807

句集　遠い眺め　とおいながめ

二〇一九年七月二〇日　初版発行

著　者――辻内京子

発行人――山岡喜美子

発行所――ふらんす堂

〒182-0002　東京都調布市仙川町一―一五―三八―二F

電　話――〇三（三三二六）九〇六一　FAX〇三（三三二六）六九一九

ホームページ　http://furansudo.com/　E-mail　info@furansudo.com

振　替――〇〇一七〇―一―一八四一七三

装　幀――君嶋真理子

印刷所――日本ハイコム㈱

製本所――三修紙工㈱

定　価――本体二四〇〇円＋税

ISBN978-4-7814-1171-2　C0092　¥2400E